suuuu

el

al mogollón

el ascensor

el avión

el oculista

el tirabuzón

Primera edición: octubre de 2020
Publicado por primera vez en Alemania por Thienemann

Título original alemán: *Anpfiff für Dr. Brumm*
Traducción: David Sánchez Vaqué

Maquetación: Endoradisseny
Dirección editorial: Ester Pujol

Texto e ilustraciones de Daniel Napp
© 2020, Thienemann in der Thienemann-Esslinger GmbH, Stuttgart
© 2020, La Galera SAU, por la edición en lengua castellana
Josep Pla, 95 – 08019 Barcelona
www.lagaleraeditorial.com | twitter.com/editoriallagalera facebook.com/
editoriallagalera | instagram.com/lagaleraeditorial

Impreso en la UE
Impreso en Tallers Gràfics Soler
ISBN: 978-84-246-6793-1
Depósito legal: B-12.352-2020

Daniel Napp

OSO PATOSO
Y LA REMONTADA

Traducción de David Sánchez Vaqué

Una mañana llaman a la puerta de Oso Patoso. Es Cenutrio, con sus tres sobrinos, y le dice:

—Estos chicos han sido convocados para la selección nacional de nutrias. Para entrenar estamos buscando un equipo malo, de auténticos paquetes, y naturalmente hemos pensado en vosotros.

—De paquetes, dice —mascula Oso Patoso, de camino al campo tras haber reunido a su equipo—. ¡Se van a enterar!

Al llegar al campo se les bajan los humos de golpe.

—Anda, si llevan botas de fútbol, y fíjate en su técnica —dice Castorinho.

—Deberían habernos avisado con antelación —murmura Tejón.

—Mira, son grandes y fuertes —añade el erizo Pelusa.

—Y a la vez son menudos y ágiles —dice Oso Patoso.

Mientras los dos equipos acaban de calentar, Cenutrio explica las reglas:

—Jugamos cuatro contra cuatro. Yo soy el portero de mi equipo, y al mismo tiempo, el árbitro. ¿Alguna pregunta?

—¡Y qué más! —exclama Cachalote—. El árbitro tiene que ser imparcial, glups.

A lo que Cenutrio responde sacándole la tarjeta amarilla por protestar.

Y a continuación, el pitido inicial. ¡Empieza el partido!

Las cosas no andan finas para Oso Patoso y sus amigos.
Castorinho se tropieza con su propia cola...

... Tejón es un negado con los pies
y no hay manera de que chute...

... Oso es tan lento que los contrarios
le driblan sin despeinarse...

—No tenemos la más mínima posibilidad —se lamenta Tejón—. Estos chicos son demasiado para nosotros.

Sin embargo, Cachalote es más optimista:

—Los peces conocemos las tres reglas «impezcindibles» del fútbol, con las que se puede ganar cualquier partido.

—¡Rayos! —exclama Oso Patoso—. ¿Y qué reglas son esas?

—Empecemos por la primera, glups —dice Cachalote—: «Haz que tu debilidad sea tu fuerte».

Y entonces explica a todo el equipo la táctica a seguir.

Efectivamente, en la segunda parte el panorama ha cambiado por completo: Tejón sigue siendo un negado con los pies, pero es un virtuoso con las manos. Se pone de portero y lo para todo. Castorinho utiliza su cola para dar unos pases espectaculares, incluso de rabona.

Pelusa es pequeño pero es un maestro del dribbling, nadie puede con él. Lleva el balón pegado a los pies... y a las púas.

—¿Y cuál es mi fuerte? —pregunta Oso Patoso a Cachalote—. Soy lento, no tengo ni idea de fútbol y no sé hacer nada de nada.

¡POING!

—Eso te convierte en un perfecto delantero centro, glups
—responde Cachalote—. Tú ponte en el área pequeña,
delante de la portería, y si ves pasar el balón, mete
el pie, la cabeza o lo que sea, a ver si le das.

Y exactamente eso es lo que hace
Oso Patoso:

Oso Patoso incluso logra cabecear al fondo de la red tras el saque de Cenutrio.

El partido termina con empate a 3 en el marcador. Nos vamos a la prórroga. Pero en el primer minuto de la prolongación, Pelusa recibe una entrada criminal del equipo de las nutrias.

—¡Penalti! —señala sin dudar el árbitro Cenutrio—. A nuestro favor.

Y además saca tarjeta amarilla a Pelusa por piscinazo.

¡GOL!

El delantero de las nutrias transforma el penalti con un disparo imparable.

Ahora los amigos de Oso van perdiendo por 4 a 3.

—Es el momento de poner en práctica la segunda regla «impezcindible» del fútbol, glups —dice Cachalote—: «Sorprende a tu contrincante con una táctica inesperada».

—¿Un pez jugando a fútbol? No sé si eso va contra el reglamento —dice Cenutrio cuando Cachalote pide sustituir a Pelusa—. Aunque haré la vista gorda. Vais a perder igualmente.

FIIIIIIIU

En la siguiente jugada las nutrias se quedan alucinando: Tejón pasa la pecera a Oso Patoso, este la lanza al interior del área justo en el momento en el que Castorinho centra y...

TIKI

¡¡¡Golazo de Cachalote!!! ¡Empate a 4!

El próximo que marque gana el partido.

Pero Cenutrio hace otra de sus artimañas: mientras los amigos de Oso están aún celebrando el gol, pita que se reanude el encuentro.

Y en un momento las nutrias se plantan ante la portería contraria.

—¡Rápido! —grita Tejón, que se ha quedado solo—. ¿Cuál es la tercera regla «impezcindible» del fútbol?

—Es la más importante, glups —responde Cachalote—. Dice así: «En el momento decisivo, ten un poco de suerte».

El delantero de las nutrias suelta un zambombazo con todas sus fuerzas. El balón se estrella en el larguero, sale rebotado trazando un arco en el cielo que cruza todo el campo...

... y le cae a Oso Patoso.

—¡Rayos! —exclama Oso intentando esquivarlo. Pero en ese momento resbala y sin querer remata con una espectacular chilena.

FIUUUUU

El resultado final es de 5 a 4 a favor del equipo de Oso Patoso.

Los ganadores reciben una copa y un delicioso pastel en forma de balón de fútbol que ha preparado la mujer de Cenutrio. Oso y sus amigos lo comparten con las nutrias.

—Es ideal para reponer fuerzas —dice Oso Patoso.

Entonces se reúnen alrededor de Cachalote para que les vuelva a explicar —esta vez a todos— las tres reglas «impezcindibles» del fútbol, con las que se puede ganar cualquier partido.

CÓMO SE LLAMAN LAS CELEBRACIONES DE GOLES

el gorila

de rodillas (versión corta)

el arquero

saludos cordiales

de rodillas (media maratón)

el corazoncito

el planchazo